Baseball on Mars
Béisbol en Marte

By / Por Rafael Rivera, Jr. and Tim Hoppey

Illustrations by / Ilustraciones de Christina Rodriguez

Spanish translation / Traducción al español de Gabriela Baeza Ventura

PIÑATA BOOKS

Piñata Books
Arte Público Press
Houston, Texas

Publication of *Baseball on Mars* is made possible through support from the Clayton Fund and the City of Houston through the Houston Arts Alliance. We are grateful for their support.

Esta edición de *Béisbol en Marte* ha sido subvencionada por el Fondo Clayton y la ciudad de Houston por medio del Houston Arts Alliance. Les agradecemos su apoyo.

¡Piñata Books están llenos de sorpresas!
Piñata Books are full of surprises!

Piñata Books
An Imprint of Arte Público Press
University of Houston
452 Cullen Performance Hall
Houston, Texas 77204-2004

Cover design by / Diseño de la portada por Exact Type

Rivera, Rafael, Jr.
    Baseball on Mars / by Rafael Rivera, Jr. and Tim Hoppey; illustrations by Christina Rodriguez = Béisbol en Marte / por Rafael Rivera, Jr. y Tim Hoppey; ilustraciones de Christina Rodriguez.
    p.   cm.
    Summary: After "traveling to Mars" in Roberto's homemade spaceship, Roberto and his father play a game of catch.
    ISBN: 978-1-55885-521-2 (alk. paper)
    [1. Imagination—Fiction. 2. Fathers and sons—Fiction. 3. Space vehicles—Fiction. 4. Puerto Ricans—Fiction. 5. Spanish language materials—Bilingual.] I. Hoppey, Tim. II. Rodriguez, Christina, 1981- ill. III. Title. IV. Title: Béisbol en Marte.
    PZ73.R5243 2009
    [E]—dc22   2009004865
                                                                                                                           CIP

∞The paper used in this publication meets the requirements of the American National Standard for Permanence of Paper for Printed Library Materials Z39.48-1984.

9 0 1 2 3 4 5 6 7 8   0 9 8 7 6 5 4 3 2 1

For my dad —RR

For Brendan and Patrick —TH

For my "little" brother Daniel —CR

Para mi papá —RR

Para Brendan y Patrick —TH

Para mi "hermanito" Daniel —CR

Boy, was Dad mad! His chair was missing. And it was not just any old chair. It was his lucky chair. It was the chair he sat in when he watched baseball on TV.

Every Saturday afternoon Dad put on a New York Yankees cap and sat in his lucky chair to watch the game. When a home run was hit, Dad would shout, "*¡Adiós!* Home run!" I think the whole Bronx could hear him. So you can imagine how angry he was when he went to sit down and the chair was not there.

¡Papá estaba súper enojado! Su silla había desaparecido. Y no era cualquier silla vieja. Era su silla de la buena suerte. Era la silla en la que se sentaba a ver béisbol en la tele.

Cada sábado por la tarde Papá se ponía una gorra de los Yankees y se sentaba en su silla de la suerte a ver el partido. Cuando bateaban un jonrón, Papá gritaba, "*¡Adiós! ¡Jonrón!*" Todo el Bronx podía oírlo. Así es que te puedes imaginar cuánto se enojó cuando se fue a sentar y su silla no estaba.

From out in the backyard I heard him shouting my name, "Roberto!"

Whenever Dad got excited, he would speak Spanish. He was speaking a lot of Spanish as he walked toward my rocket ship to get his lucky chair.

I explained to him that I had to be comfortable on the long trip into space. Plus, I told him, an astronaut has to be seated when he blasts off.

He yelled, "This rocket ship won't fly!"

That's what *he* thought.

Desde el patio lo escuché gritar mi nombre —¡Roberto!

Cada vez que Papá se enfadaba hablaba sólo en español. Hablaba mucho español mientras caminaba hacia mi cohete. Venía por su silla de la suerte.

Le expliqué que yo tenía que estar cómodo en el largo viaje al espacio. Además, le dije, un astronauta tiene que estar sentado durante el despegue.

Gritó —¡Ese cohete no va a volar!

Eso es lo que *él* creía.

I had collected scraps of wood, an old barrel and a few boards off the back of the shed. Dad still didn't know the boards were missing. I nailed everything together according to diagrams I drew. If you looked at it just right, it looked like a rocket ship.

Dad looked over the rocket and said, "You might have a problem getting off the ground. You're forgetting one little thing—you don't have an engine!"

Wow, Dad had no imagination.

Había juntado trozos de madera, un barril viejo y unas cuantas tablas que le había arrancado a la parte trasera del cobertizo. Papá todavía no sabía que faltaban esas tablas. Clavé todo de acuerdo a los diagramas que yo mismo había dibujado. Si lo mirabas desde el ángulo correcto, parecía un cohete.

Papá miró al cohete y dijo —Es posible que tengas un problema para despegar. Te olvidas de una pequeña cosita: ¡no tienes motor!

Caramba, Papá no tenía imaginación.

Dad always said that the farthest he would fly was to Puerto Rico. Not me. I'd go all the way to the stars.

So I announced, "I'm blasting off today. Goodbye."

Mom wished me good luck from the door. "You better take along a sandwich in case you get hungry on your trip," she said, and handed me a brown sack.

Papá siempre decía que lo más lejos que él volaría sería a Puerto Rico. Yo no. Yo iría hasta las estrellas.

Así que le dije —Hoy despego. Adiós.

Mamá me deseó buena suerte desde la puerta. —Llévate un sándwich por si te da hambre en el viaje —me dijo, y me dio una bolsa de papel.

"Where are you going?" Dad asked.

"Mars, the Red Planet," I told him.

As he started to walk to the house, he told me to return his lucky chair before the baseball game.

Because an astronaut should always have a co-pilot, I asked Dad if he wanted to ride along.

He thought it over. Then thought about it some more. Finally, after Mom kicked him in the shin, he said, "Yes, but only if I'm home in time for the Yankees-Red Sox game."

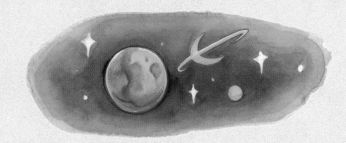

—¿Adónde vas? —preguntó Papá.

—A Marte, el Planeta Rojo —le respondí.

Mientras caminaba hacia la casa, me dijo que le devolviera su silla de la suerte antes del partido de béisbol.

Porque un astronauta siempre debe tener un co-piloto, le pregunté si quería acompañarme.

Lo pensó un poco. Luego lo pensó un poco más. Al final, después de que Mamá le dio un puntapie en la espinilla, Papá dijo —Sí, pero sólo si vuelvo a tiempo para ver el partido de los Yankees y los Medias Rojas.

"Great! Climb aboard," I said. "The countdown's already begun."
Dad sat in his lucky chair, and I sat on his lap.
THREE!
TWO!
ONE!
LIFT OFF!
The rocket ship shook. It rumbled. It rose up into the sky.

—¡Perfecto! Sube a bordo —dije—. La cuenta regresiva ya empezó.
Papá se sentó en su silla de la suerte, y yo en su regazo.
¡TRES!
¡DOS!
¡UNO!
¡DESPEGUE!
El cohete tembló. Rugió. Se elevó hacia el cielo.

The rocket's liftoff tipped over the chair!

Dad rubbed the back of his head and asked, "Are we there yet?"

I didn't have a chance to reply because an asteroid was heading our way. "Oh no! Be careful!" I yelled.

"It's a pigeon," Dad said.

The bump on Dad's head must have made him see things, because he confused the asteroid with a pigeon.

¡El despegue del cohete hizo que la silla se volteara!

Papá se sobó la cabeza y preguntó —¿Ya llegamos?

No tuve tiempo para contestarle porque un asteroide venía hacia nosotros. —¡Oh no! ¡Cuidado! —grité.

—Es una paloma —dijo Papá.

El golpe en la cabeza debía haberle hecho ver cosas, porque confundió al asteroide con una paloma.

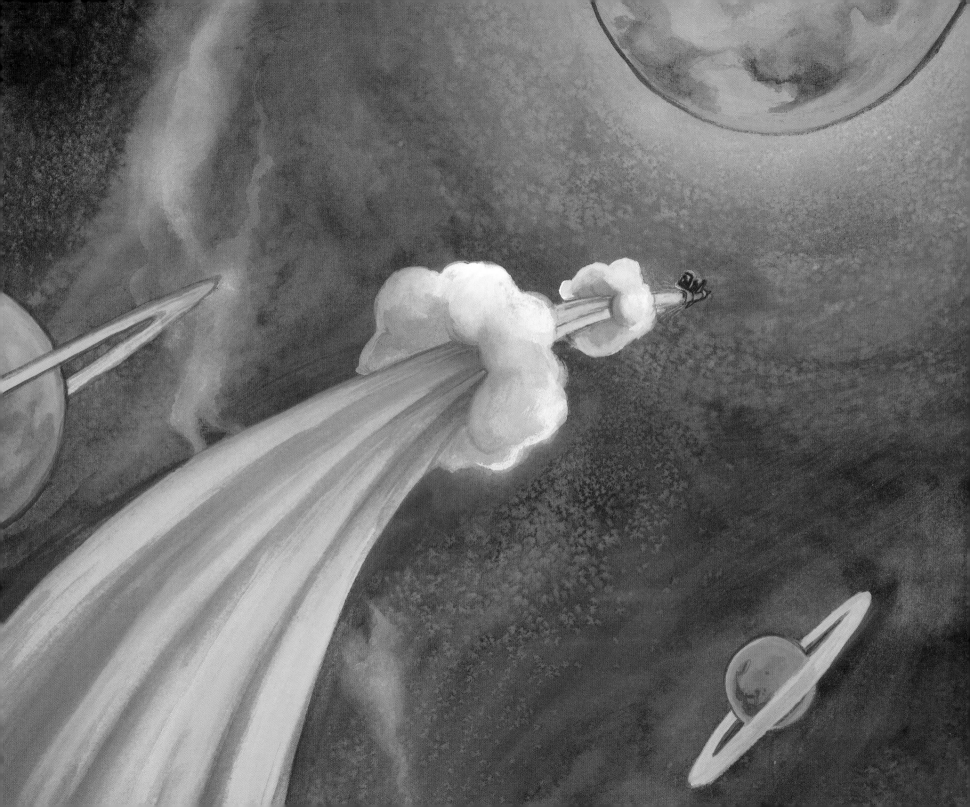

"Help me steer the ship!" I shouted as I sat back on his lap.

Dad grabbed the steering wheel. "Roberto, where did this come from?"

I couldn't believe that at a time like this, with an asteroid plummeting toward us, Dad wanted to know where the steering wheel came from. It was the wheel from my little sister's baby stroller, but there was no time to explain anything. I said what any boy in this situation would say, "I don't know."

Amazingly, the asteroid missed us.

So on we flew.

—¡Ayúdame a conducir la nave! —grité y me volví a sentar en su regazo.

Papá tomó el volante. —Roberto, ¿de dónde sacaste esto?

No podía creer que en un momento como ése, con un asteroide a punto de estrellarse contra nosotros, Papá quería saber de dónde había salido el volante. Era la rueda del cochecito de mi hermanita, pero no era el momento para explicaciones. Le dije lo que cualquier niño diría en esa situación —No sé.

Milagrosamente esquivamos el asteroide.

Así que seguimos volando.

In outer space there is no gravity. I explained to Dad that we were weightless and could float around inside the rocket. He did not believe me.

"It's not true," he said.

To prove I was right, I conducted an experiment. I picked up a small stone and said, "When I toss this stone into the air, it will just float around above our heads."

I tossed the stone up, and guess what? I was wrong.

En el espacio no hay fuerza de gravedad. Le expliqué a Papá que estábamos ingrávidos y que podíamos flotar dentro del cohete. No me creyó.

—No es cierto —dijo.

Para mostrarle que tenía razón, hice un experimento. Tomé una pequeña piedra y dije —Cuando lance esta piedra al aire, flotará sobre nuestras cabezas.

Lancé la piedra, y adivinen lo que pasó: Yo estaba equivocado.

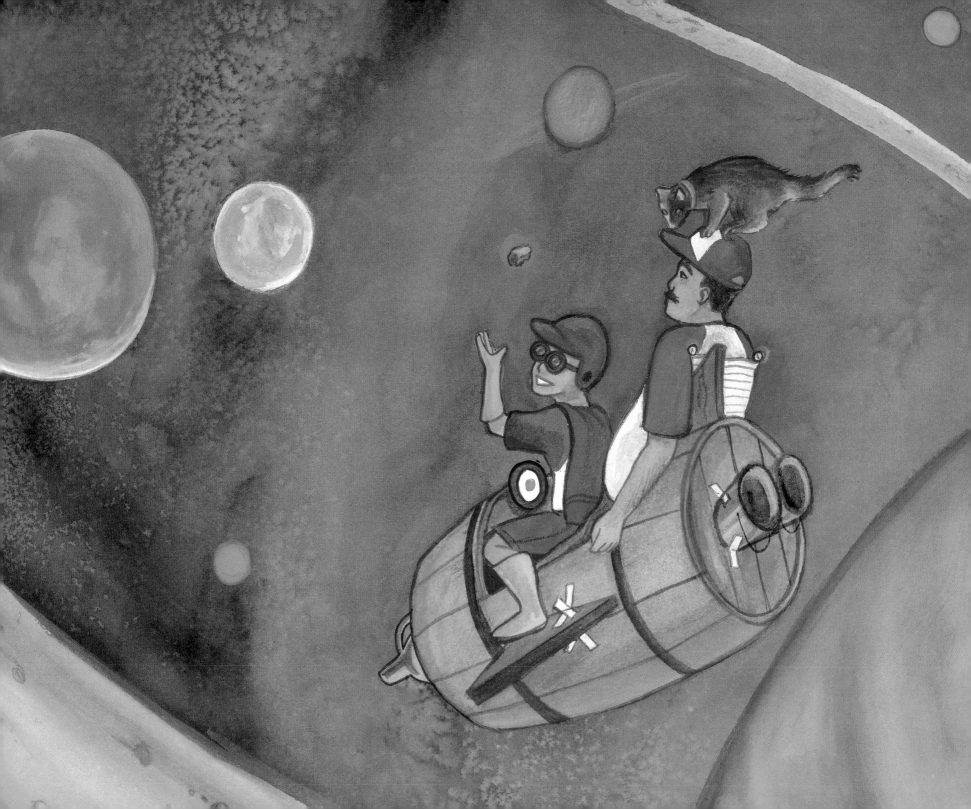

Dad rubbed his nose where the rock had hit him. He looked up at the sky and said, "Please, help me with this boy." Then he said, "I'm not an astronaut. I'm an astro*nut* to be flying with you."

"Well," I said, "this just proves that we should always wear space helmets."

Papá se sobó la nariz donde le había pegado la piedra. Miró hacia el cielo y dijo —Por favor, ayúdame con este niño. —Después dijo— No soy astronauta, soy astro*loco* por volar contigo.

—Bueno —dije— esto sólo prueba que siempre debemos usar casco en el espacio.

"Are we there yet?" Dad asked. He was a little upset, but he quickly cheered up because I told him we had landed on Mars.

It was an incredible sight. The sky was pink. The soil was red. There were gigantic mountains, craters and canyons. As we stepped out onto the strange planet, Dad asked, "Where's the TV?"

I couldn't believe that these were the first words ever spoken on Mars.

—¿Ya llegamos? —preguntó Papá. Estaba un poco molesto, pero pronto se alegró porque le dije que ya habíamos aterrizado en Marte.

Era una vista increíble. El cielo era rosado. La tierra era roja. Había montañas gigantescas, cráteres y cañones. Cuando pisamos el extraño planeta, Papá preguntó —¿Dónde está la tele?

No podía creer que ésas fueran las primeras palabras pronunciadas en Marte.

From under the chair, I grabbed two gloves and a ball. "Today's baseball game is on Mars," I said. "Catch!"

The only place Dad runs to is the refrigerator when commercials come on during the baseball games. So I couldn't believe my eyes when I threw Dad a pop fly and saw him bounding over the red plains of Mars. He looked like a galloping gazelle!

"Great catch!" I yelled.

He threw me a pop fly. After I made the catch, he called, "Good job!"

And that's what we did. We played catch all afternoon.

Saqué dos guantes de béisbol y una pelota de debajo de la silla —Hoy el partido de béisbol es en Marte —dije—. ¡Atrápala!

Al único lugar donde Papá corre es al refrigerador durante los comerciales de los partidos de béisbol. Así que no podía creerlo cuando le lancé a Papá una pelota alta y lo vi saltar sobre los llanos rojos de Marte. ¡Parecía una gacela galopante!

—¡Buena atrapada! —grité.

Me lanzó una pelota alta. Cuando la atrapé, dijo —¡Bien hecho!

Y eso fue lo que hicimos. Jugamos a la pelota toda la tarde.

Dad and I discovered that we spoke the same language on Mars.

We played catch until Mom called out, "Dinner time!"

As we stamped the red Martian dirt off our shoes and went in for dinner, Dad didn't mention the baseball game that he had missed on the TV.

Papá y yo descubrimos que hablábamos el mismo idioma en Marte.

Jugamos a la pelota hasta que Mamá llamó —¡A cenar!

Mientras Papá y yo nos sacudíamos la tierra marciana de los zapatos y entrábamos a cenar, Papá no mencionó el partido de béisbol que se había perdido en la tele.

The following Saturday, Dad came down to breakfast carrying two gloves and a ball. "Want to go to Mars?" he asked excitedly.

"Yes!" I said.

When we boarded the rocket ship, there were two chairs inside.

One lucky chair for him.

One lucky chair for me.

El sábado siguiente, Papá bajó a desayunar con dos guantes de béisbol y una pelota. —¿Quieres ir a Marte? —me preguntó entusiasmado.

—¡Sí! —dije.

Cuando abordamos el cohete, había dos sillas adentro.

Una silla de la suerte para él.

Una silla de la suerte para mí.

Rafael Rivera Jr. was born and raised in the Bronx, which is the setting for this story. He is a New York City firefighter stationed in Spanish Harlem. Rafael has two young daughters, Marianna and Lorena, with whom he hopes to build rocket ships. He is a lifelong New York Yankees fan, but does not have a lucky chair to sit on.

Tim Hoppey is a New York City firefighter stationed in Spanish Harlem. His bilingual picture book, *Tito, the Firefighter / Tito, el bombero* (Raven Tree Press, 2005) was named to the Tennessee Volunteer State Book Award Master Reading List and the "Read on Wisconsin" Recommended Reading list and was finalist for a Benjamin Franklin Award. He lives on Long Island with his wife and three children. His sons were often suspected of stealing boards from the shed to build with when they were younger.

Rafael Rivera, Jr. nació y se crio en el Bronx, donde toma lugar esta historia. Es bombero en la ciudad de Nueva York y está apostado en la estación de Spanish Harlem. Rafael tiene dos hijas, Marianna y Lorena, con quienes espera construir cohetes. Ha sido fanático de los Yankees de Nueva York toda su vida, pero no tiene una silla de la suerte para ver los partidos.

Tim Hoppey es bombero en la ciudad de Nueva York apostado en la estación de Spanish Harlem. Su libro infantil bilingüe *Tito, the Firefighter / Tito, el bombero* (Raven Tree Press, 2005) fue nombrado en las listas de libros recomendados de Tennessee y Wisconsin y fue finalista del premio Benjamin Franklin. Tim vive en Long Island con su esposa y tres hijos. Con frecuencia sospechaba que sus hijos, cuando chicos, sacaban las tablas del cobertizo para armar cosas.

An Air Force "brat" born to multicultural parents overseas, **Christina Rodriguez** grew up loving to draw and paint. She earned her BFA in Illustration from the Rhode Island School of Design in 2003 and presently works as a freelance illustrator and designer. Christina also illustrated *Mayté and the Bogeyman / Mayté y el Cuco* and *Un día con mis tías / A Day with my Aunts* for Piñata Books. She lives with her husband and their dog in Stillwater, Minnesota.

Christina Rodriguez nació en el extranjero de padres multiculturales, miembros de la fuerza aérea. Christina creció disfrutando del dibujo y de la pintura. Recibió su BFA de Rhode Island School of Design en 2003 y ahora trabaja como ilustradora y diseñadora independiente. Christina también ilustró *Mayté and the Bogeyman / Mayté y el Cuco* y *Un día con mis tías / A Day with my Aunts* para Piñata Books. Vive con su esposo y su perro en Stillwater, Minnesota.